KB170084

귀로에

진정희 시집

초판 발행 2015년 7월 10일
지은이 진정희
펴낸이 안창현 **펴낸곳** 코드미디어
북 디자인 Micky Ahn **교정 교열** 성건우

등록 2001년 3월 7일
등록번호 제 25100-2001-5호
주소 서울시 은평구 갈현1동 419-19 1층
전화 02-6326-1402 **팩스** 02-388-1302
전자우편 codmedia@codmedia.com

ISBN 979-11-86104-25-5 03810

정가 10,000원

본문에 삽입된 사진은 차홍규님의 미술 작품입니다.

귀로에

진정희 시집

JIN JUNG HEE

뒤늦은 등단으로부터 십여 년간의 습작들을 모아 털어버리 듯, 처음이자 마지막이 될 수도 있는 첫 시집을 낸다. 지독한 상실감에 시달리다 망각이 와도 가슴으로부터 시가 새롭게 샘솟아 펜이 지나간 자리마다 벅찬 감동이 묻어나오면 좋겠 다. 이 시집은 다른 시인들의 틀을 빌려도 보고 인용한 것도 허다하다. 그분들의 빛나는 은유와 시가 더욱 눈부셔야 할 텐데…. 밑거름이 되어주신 교수님, 시인님, 중경 친구들 모 두 마음으로부터 감사의 인사를 드린다.

진정희

상실, 그리움,
그리고 생명에의 회귀

인생의 어느 시점에서 시인에게 있는 모든 것을 내려놓아야 살 수 있는 삶. 즉, 의지적 순행의 삶 자유로운 영혼이 고통의 과정을 통해 서만이 얻어지는 순도 높은 아름다움이 아닐까.

언제나 함께 살아 계실 것 같았던 큰 버팀목으로서의 어머니를 여읜 상실감이 비둘기, 호숫가에서 등에 낙엽으로 지고 있다. 화목했던 순간들과 사랑과 행복에 대한 그리움. 그리고 무의식 속에서 보지 못했던 아버지에 대한 사랑과 연민을 비로소 의식 위로 떠올리며 「홍시」에서 깊고 부드럽게 곰삭은 맛을 느끼고 있다.

카네이션과 자신의 자녀들을 바라보며 느끼는 자신으로부터의 사랑의 흐름. 자신의 허약한 육신 때문에 날개 접은 꿈. 작가는 회한과 갈등으로부터 저항하지 않고 순응하며, 생명에의 회귀로 승화시키고 싶은 소망. 이것이 진정희 시인의 시 세계에 담긴 고귀한 영적 호흡의 순환이다.

이출재 | 시인, 아시아소음진동연구소 소장

Contents

2

내 마음의 텃밭

Contents

귀로에

진정희 시집

가 면

01

귀로에

격포항

안개 짙은 밤 바닷가
횟집 도마에 비린내가 가득 괸다
바다가 발바닥을 절이고
움푹 패인 가슴께로 밀려온다
파도는 앞치마를 두른 횟집 주인처럼
시퍼렇게 칼날을 세운다
껍질 벗긴 우럭 한 마리
요동치는 살점이 저며져
차곡차곡 접시에 담긴다
술 취한 바다의 탐욕스런 혀가
내 몸에 초장을 바르려 한다
짐짓 뒷걸음치는 안갯속에
젖은 목소리가 파도 위에 선다
어머니는 삼베 고쟁이 속 곪은 상처를
아직 친친 동여매고 있다
일곱을 키웠지만 제대로 돌아보지 못한
바다는 눈 비빌수록 안개비를 뿌린다
녹슨 못 자국에 풍기는 비린내
바다를 삼키는 내장에서 이는 격포가
또 다른 파도를 밀어내고 있다

지하도에서

비가 부슬거리는 저녁
역사 자판기 귀퉁이에 서서
한 사내가 밥을 먹는다
낡은 외투와 구겨진 바지
오랫동안 갈아입지 못한 형색이다
두툼한 김밥
한입 베어 문 밥알 속에서
노란 단무지 한 줄이 길게 빠져나온다
들키고 싶지 않은
지하에서의 식사 저편에서
잠실행 전철이 들어온다
늦은 밤 전철 안에서 졸고 있는 사람들
매일 밥상 위에 도란거리던 기쁨이
이 환승 지점에서도 깨져있다
한쪽이 터진 김밥처럼
가족이 빠져있는 식사
찬으로 들어있는 단무지가 삐져나올 듯
지하철 속에서도 승객들이 겉돌며
어둠의 굴속으로 들어갔다 나온다
문이 열릴 때마다

지하철은 노랗게 비벼진 밥알을 한입 가득
물고 있다 뱉어내는 입안 같다
주머니 속에 빳빳이 굳은 승차권
김밥 종이를 꼬깃거리며 사내는
달리는 지하철 저편 군중 속으로
다리를 절뚝이며 걸어간다

우산이란 하늘 아래

버스에서 내려 집으로 가는데
장대비가 쏟아진다
나는 우산대에 매달려 부지런히 걷는다
구름 띠를 풀어놓은 세상이
우산 위로 일시에 후두둑 후두둑
떨어지는 소리가 들린다
굵은 몽둥이로 사정없이
나를 때리는 것 같아
우산대를 꼭 움켜쥔 손이
바들바들 떨린다
이리 치고 저리 치는 세상에
얻어터지면서 작은 우산 속
정신없이 걸어가는 나를 본다
축 쳐진 어깨, 부시시한 머리에
칙칙한 옷을 입은 내 모습이
오늘따라 더욱 초라하다
손에 든 가방에서
나를 돌아보지 않았던 삶의 귀퉁이가
삐죽이 찢겨져 나온다
어찌 보면 우리는 수많은 삶에서

찢어진 우산 하나씩 들고
세상의 소리를 제대로
듣지도 보지도 못 하면서
바쁘게 살아가는지 모른다

우산이란 하늘 아래 그 안에서

홍시

하나가
발등 위로 떨어진다
빨간 살점이 물컹하게 잡힌다
만신창이 된 속을 드러낸 홍시
배어드는 그 얼룩을
손바닥으로 닦으니
손바닥에서 바스러지는
신음소리가 귀를 찌른다

어둑한 저녁
무릎 아래 다 모였다가
속까지 짓무른 욕창에
등 떠밀린 자식들처럼
나뭇잎은
하나둘 감나무 곁을 떠나고
파란 하늘 아래 나뭇가지엔
얼굴 붉힌 홍시 한 알
고개를 푹 숙인 채 말이 없다

점점 키가 줄어드신 아버지

말없이 허리통증을 깔고 앉아
바지랑대를 만드실 즈음
여름내 떫었던 맛이 어느새 사라지고
포근히 곰삭아 떨고 있는 몸
처음 맛보는 깊고 부드러운
아버지 손길

내 허허로운

더 멀리 달리겠다고
더 높이 오르겠다고
굴레 속에 살면서는
굴레를 벗어나려 애를 썼지만
내 성벽이 무너진 지금
그것을 쌓으려 안간힘을 쓴다

바람이 되어 허공으로 날아갈까 두려워서
내가 꽃잎처럼
팔랑팔랑 나락으로 떨어질까 두려워서

귀뚜라미와 나

죽은 듯이 누운 방구석에
귀뚜라미 한 마리가 촉수를 비빈다
창살 틈으로 스며든 양지에도 나와 보고
가랑이 사이도 기어보고
저를 보는 내 간장 속을 더듬어보기도 한다

언제쯤 긴 잠 들지 염탐하나?
괘씸한 것 잡아서 방아를 찧을까

가만가만 다가가 손바닥으로 확
낚아채는 것인데
아하! 귀뚜라미는 간데없고
손아귀엔 내 온갖 통증만 잡혀있네

귀가하는 길

새털처럼 가볍게 걸어가고 싶다 해거름 산길을
땅거미 속에 내 부끄러운 그림자를 묻으면서
뒷짐을 지고 콧노래를 흥얼거리면서
지나고 보면 한결같이 빛바랜 사진과도 같은 것
거리를 막고 광화문에 넘치던 아우성도
물러서지 않을 듯 굳게 버티고 있던 배짱도
모두가 옷깃을 스치는 한낱 먼지와도 같은 것
수없이 눈물로 지새운 아픔도
가슴에 벌겋게 새겨진 상처도
홀가분하게 걸어가고 싶다 그것들 모두
어둠 속에 묻으면서.
나를 스쳐 가는 모든 것을 묻으면서
마침내 나 자신을 그 속에 묻으면서
돌아가는 땅거미 덮는 산길을

저승길은

다이아몬드 박힌 대로는 아닐 거야
백합꽃으로 덮인 꽃길도 아니겠지
비가 내리고 황사도 이는 골목을
이 세상에서처럼 타박타박 걸어가겠지

도란도란 사람들 기도 소리 들리고
갈치 굽는 비릿한 냄새 풍기는 길목을
잊었을 거야 이 세상의 일들은
먹다 남은 식탁 위 반 잔의 커피까지도

무엇인가 조금은 고달픈 생각에 잠겨서
무엇인가 조금은 행복한 생각에 잠겨서
조금은 힘겨웠던 이 세상에서처럼

잡풀을 뽑으며

찌뿌둥한 신경통이 비를 몰아오려나 보다
등줄기에 단단히 뿌리내린 통증이 터를 잡더니
텃밭에도 잡초들이 무성하게 뿌리내렸다
땅이 흠뻑 젖었을 때 구석구석 자리 잡은
잡풀을 뽑아내야지
머릿속에 잡풀처럼 떠오르는 두려움
내 살 썩는 냄새에 달라붙을 송장벌레를
생각하다가 장대만큼 자란
명아주 풀을 힘껏 잡아챘다
명아주 밑에 강아지풀이 낮게 엎드려 있고
강아지풀을 뽑아내면 질경이가 깔려 있다
누워 지내는 우울 속에
고여 있던 생각들을 손톱으로 후빌 듯
어린 질경이 떡잎을 파내자 뿌리를 따라
줄줄이 밭고랑에 뽑혀 나오는 잡초 내 속의 잔병들.
뽑아내면 다시 돋는 잡초 위에
검정비닐을 씌운다
뭉친 피를 갈아엎고 싶을 때
텃밭에 나가 통증을 도려내듯 잡풀을 뽑는다
잡풀이 사라진 텃밭에 하얀 고추 꽃이 피고

고추 꽃에 벌침을 놓는 꿀벌의 날갯짓만큼
땀 흘리고야 등줄기가 바로 선잠이 드는 황혼.

가을날

새벽 별빛에 취해서 가을바람에 떠밀려서
갈 곳도 없이 차를 타고 가다가
불현듯 차에서 내리니 이곳은 절두산 성지
짙은 물비늘 내음 한세상 돌아서 다시 온 곳
눈에 익은 벽돌 성모상 낯설지 않다
무엇이었을까 내가 목말라하던 것이
그리운 얼굴들은 불러도 대답이 없고
유유히 흐르는 한강. 물비늘만이
햇빛무늬를 반짝이고 있는 이곳은 성지
먼 이국에서 온 외톨이가 되어
거리를 방황하다가
새벽 별빛에 취해서 낙엽에 휘말려서
다시 차에 오른다 내가
무엇을 찾아 헤맸는가를 잊어버리고

두 손 꼭 쥐어보면 빈손
잊어버리고 또 잊어버리고
내가 어디로 가고 있는지 어디서 내려야 할지도.

오늘의 기도

주님, 당신께선 이미 알고 계십니다
내가, 먼저 가신 어머니처럼 살 속이 녹아나고 있고
언젠가는 똑같은 신음소리로 눈 감을 줄 알고 계십니다
그때에는 감히 잠자듯 그렇게 데려가 달라고야
어찌 바라겠습니까마는 적어도
고통의 숨을 고를 때마다
제 혀가 당신의 이름을 놓치지 않게 도와주소서
내 삶의 시가 비로소
당신 품에서 마침표를 찍을 수 있게 하소서

단풍나무

바람이 가을을 지우려고
단풍나무 잎으로 밤새
빨갛게 몰려온다

나무는 재빨리
우듬지 속으로 푸르름을 숨기고
햇빛에 붉게 몸 달군 단풍잎을
가을 목에 건너보낸다

제 살아 숨 쉬는 중에
가장 빛나는 계절
초록의 재기를 위하여
나무는 그저
떠나가는 단풍을 내려다보고만 있다

눈물처럼 고운 자태
바람도 짐짓 뒤로 물러서서
나무 밑에 소복이 쌓아 놓은
저 빛나는 단풍 무덤을 보라

상실

비둘기 한 쌍이
달리는 차창으로
내리꽂히듯 비행한다

순간, 꽃상여처럼
아름답고 허무한
깃털의 부유가 앞을 가린다

자동차는 술 취한 듯
之자로 달아나고
그 뒤를 하염없이 따라가는
비둘기 한 마리

잘못 탄 버스

저녁이 되자 허둥대며 집으로 가는 버스를 탔다
버스는 내가 앉기도 전에 신호를 무시하며 달렸다
창밖에 크고 작은 산이 내게 다가왔다
낯설다 내리고 싶어도 열리지 않는 문
나는 버스가 흔들릴 때마다 꼼짝 없이 입덧을 하였다
갈아타야 해. 창밖으로 내민 머리가 뛰어내리려는 순간
누군가가 덜미를 잡는다
버스엔 잘못 탄 사람이 나 혼자가 아니다
등받이에 머리를 기댄 채 운명을 맡긴 사람들이
한마디씩 던졌다
종점이 다 와 가니 조금만 기다려요
죽이기야 하겠습니까?
다치지만 않아도 얼마나 다행인가요
마을을 지나 크고 작은 산을 넘어 문이 열렸다
바다다
버스에서 내린 사람들이 줄을 지어
바닷속으로 걸어 들어갔다
나도 그 뒤를 따라
바닷속으로 천천히 걸어 들어가기 시작했다

바다에 가면

바다에 가면
등 푸른 물고기와 미역의
비릿한 냄새

얼굴도 맛도 색도 없는 것의
물 냄새만이 서린
여기
다리 펴 앉고 싶은
생명의 물밑

오래도록 모래밭에 앉아 있으면
검붉은 해가 가까이 기울고
바다 밑에선
별들이 하나씩 떠오른다

그때야 비로소
답답한 가슴 물빛을 띠고
혼탁한 상념들이 바다로 흐른다

귀로에

내장을 꺼내 아픔도 꺼내고 추억도 꺼내
고요와 두려움이 범벅된 숲에 늘어놓고는

시집 몇 권 펼쳐 놓고 시인처럼 긁적이다
흥얼흥얼 콧노래를 부르다가

저물면 주섬주섬 배낭에 주워 담아 넣고
내려가는 길에 바라보는 노을빛 단풍

세상은 희망차고 슬프기도 하다고
돌아가는 길에 단풍이 내게 말하고 있다

표류

새우를 널었다
장독에서 말라가는
새우떼 속에
목마른 내가 섞여 있다

비가 온다
말라서 젖은 팔
죽어서도 노 저어
심해로 간다

폭풍우가 온다
젖어서 곪은 등에
파도가 몰아칠 때마다
살점이 부서진다

눈을 잃고
부표를 잃고
장독 위
둥둥 떠 있는 새우

우산이란 하늘 아래 그 안에서……

가 면

02

내 마음의
텃밭

어버이날에

딸이 꽃바구니를 끼고 들어온다
와락 먼저 들어선 꽃을 따라
돌아가신 어머니 눈빛도 따라온다

마지막 길에 푸른 하늘을 바라보시며
사랑을 고백하시던 어머니
보일 때 네 얼굴 담뿍 넣어가고 싶다 하시던
어머니의 가느다란 목소리

꽃바구니 속에 빨갛게 빨갛게 꽂혀있다
두고 가신 하얀 저고리에
카네이션 한 송이 달아놓고
가슴을 더듬어도
빈 저고리 속은 허허롭기만 할 뿐

햇살에게

봄날 아침에
개나리 골 여린 싹을 볼 수 있게 해주셔서 감사합니다
무더운 날에
푸른 숲을 볼 수 있게 해 주셔서 감사합니다
졸참나무 밑에
사브작 사브작 쌓이는
낙엽 냄새를 볼 수 있게 해 주셔서 감사합니다
이제는 내 삶이
한낱 발아래 낙엽과 같음을 알게 해 주셔서 감사합니다
그래도 낙엽 같은 내 머리맡을
하루 종일 따라다니며
찬란히 비춰주시는 그대여
감사합니다

나팔꽃

햇살은
바다 위에도 수풀 위에도
가닥가닥 내리지만
또한 그대 흰 머릿결에도
제일 빛나게 내리지만
우리 집 베란다 화분에
절로 싹이 튼
나팔꽃 근처에도
봄부터 내내 내렸던가 보다
숨 가쁘던 봄 너머
이제
남자색 세 폭 치마 가득
햇살이 박혀
햇살이 갈라져
새 아침을 활짝 펴 보이는구나

남강의 밤

그대여 내 잠든 동안
뭇별일랑 바라보지 말아요
속삭이며 보름달이 기우는데
날마다 총총한 별들이
창밖에 유난히 반짝거린다

그대는 붉은 두 손을 뻗쳐
별들을 마구 뜯어다가
창가에 가득 걸어놓는구려
하늘은 더욱 캄캄해지고
별을 떼어 낸 자리마다
패인 상처가 아려오는데

보름도 못 견디는
미운 그대를 안고 논개처럼
남강으로 뛰어드는
칼날 같은 보름달

강물은
달빛과 별들과

보름도 못 되어 다시 그리운 그대를 삼킨 채
아득한 어둠을 강변에 깔아놓고는
저 마늘밭보다 더 푸른 남해 바다로
흘러만 가는구나

기다림

앞이 캄캄한 날
밤 부두를 걷는 내 옷깃에는
아직도 당신의 향기가 묻어있다

코끝을 스치는 바람을 타고
멀리서 흘러드는 네온 불빛
그중 눈빛 푸르고
피가 뜨거운 몇 올이
내 안에서 부서진다.

천 개의 눈빛으로
입술에 닿는 아슬한 전율이
캄캄한 바다 위에
활활 타오르면, 다시
이글거리며 출렁이는 그리움

세월 가고
부두에 목 매인 낡은 고깃배처럼
끝없이 기다리는 아픔

지금도 밤바다는

설레는 파도를 휩싸 안고

향기 잃은 포말로 부서진다

부부란

호젓이 항아리를 비우고
푸르도록 댓속을 비우고
저며진 마음을 비우고
그 비워 낸 여백을 사랑하는 것

삐걱이는 일치 속에
완전한 사랑을 기대 말고
텅 빈 하늘 저편
저 홀로 빛나는 별빛처럼 각자
스스로를 갈고 닦는 일

산에 오르는 가을

아침마다 반기는
벅찬 초록이
산골물에서 하늘 속까지
영원할 듯 무성하더니

이제는
그 빛나던 모습 바래고
누렇게 티끌로만 남아
가을바람 일렁이는 대로
눈물꽃을 지천에 뿌린다

속살로 저며오는 스산함과
쓸쓸함에 헉헉거릴 때

단풍은
어느새 잰걸음으로
청계산 꼭대기에 올랐다가
구를 듯이 먼저 내려오는
저 수풀 속
온통 붉은 눈망울들

가로등

곤잠
일어서서 나온 거리
꽃 지는 목련 뒤에
가로등 하나 섰다

참 막막한 이 밤
하얀 꽃잎 사이 새어 나온
불빛 몇 가닥

가등은
아련한 꽃 살 냄새를
뼛가루처럼 길 위에 뿌리고
동그랗게 울어 부푼 눈으로

제
목련인 듯 弔燈인 듯
내 머리맡에서 저승까지
꽃 가는 온 밤을
환히 지키고 섰다

내 마음의 텃밭

어릴 때 상추 쑥갓이 소복한 텃밭에서
어머니가 젖꼭지 같은 조리 구멍으로
촉촉이 물을 주면
치맛자락을 붙잡고 졸졸
물줄기를 따라다녔다

그런 날에는 꿈속까지도
부슬부슬 비가 내려
어머니가 가꾼 채소들이 다
팔뚝만큼 자랐는데

이제는 어디에도 그런 텃밭이 없어
어머니처럼 그리운 물줄기가 없어
내 마음 상추 쑥갓이 자라지 못하여
여름 내내 목말라한다

가을 호수에는

가을은 까마득한 산자락이
불 되어 타는 건가
혹은
그 불이 떨어져서
호수에 묻히는 것인가

추월산
아슬아슬한 절벽 끝에
이삭처럼 달린 보리암
그 아래
새빨간 단풍까지
담양호 속으로
빨려들려 하는데

가을 호수에는
혼령으로 지는 가랑잎이
연실 호수 속으로 뛰어들고
그것은
빛나는 어머니 웃음이 되어
멀리 파문을 이룬다

함박눈

마을을 덮고
어둠을 덮고
죄를 덮고도
하얗게 떠도는
함박눈

어머님 무덤가
뗏장 다지려
꾹꾹 밟는 두 발
두 발 두 발 두 발
함박눈

영정 속의 얼굴도
앙상한 가지도
몸서리치는 겨울바람 속
저 통곡의 눈물이 얼어
무덤가에 수천의 발로 서성인다

나의 신발이

항상 떠나면서 살았다
집을 떠나고 고향을 떠나면서
항상 잊으면서 살았다
메밀꽃 하얀 언덕을 잊고
잣나무에 소복하던 별들을 잊으면서
항상 찾으면서 살았다
새로운 것을 찾아내고
처음 만난 것에 신명을 내면서
꼬부랑길 가시밭길 뒤뚱거리면서

나의 신발은

언제부턴가는
그리워하면서 살았다
잊은 것을 그리워하고 떠난 것을 그리워하면서
마침내 되찾아 나서면서 살았다
굴뚝에 메케한 연기를 되찾아 나서면서
갈대를 흔드는 바람을 되찾아 다니면서
그러면서 나의 신발은 얇아지고
바람과 흙먼지와 연기로

하얗게 퇴색했지만

나는 안다 그것이
아직 세상 사는 이치를 깨닫지 못했다는 것을
메케한 연기 속에서

이제는 내게서도 온전히 버려져
소각장 구석에 나뒹굴고 있을 나의 신발이
언젠가는 나와 함께 재가 되어버릴 나의 신발이

노을

서녘 하늘 물끄러미 바라보며
툇마루에 앉아계신 어머니
땟국물이 줄줄 흐르던 세월이
이마에서 실개천을 이루었다

고목같은 몸을 감싸고 있는
모시치마 근처에서 흙냄새가
풍기는데, 어머니를 홀로 두고
돌아서는 눈시울이 젖어

서녘 하늘 먼 산언저리가
타는 듯 붉게 물들었다

빗속에서

무거운 하루를
벗어 던지고 싶은 오후
밟혀있던 그리움이 빗물을 타고
구두 밑에서 빠져나온다
빗줄기가 점점 거세지고
질척이는 거리의 발자국
편지봉투 하나가 떨어져 있다
지워진 이름. 종이배를 접었다
종이배는 빗물에 젖은 내 주소를 쓸고
그에게로 떠내려갔다
희미해진 기억을 되살려 길목마다
빗방울로 그의 얼굴을 더듬으며

종일 걸어도 그치지 않는 비
빗속은 캄캄하고 더 나아 갈 수 없다
막다른 골목
검은 기둥에 등을 기댔다
누군가가 잃어버린 길 위에서
신발 끈을 매는가보다
등줄기가 따갑도록
사방에서 외치는 빗소리

창밖의 은행나무

당신이 나무에 기대서서 울고 있나 보다
그래서 창밖의 은행나무들이
우수수 이파리를 흔들고 있나 보다
이제껏 나를 괴롭힌 건 사랑이었다
이제껏 나를 아프게 한 건 사랑이었다
당신을 만났을 땐 불 속에서나 물속에서나
사랑할 수 있을 것 같았다
그러나 불같은 삶에 몸을 던지지도 못했고
강물이 바다로 흐르듯
머리 맞대어 합류하지도 못했다
순한 사슴처럼 어울리어 숲이 시키는 대로
산이 시키는 대로 살고 싶었다
그러나 결국은 사랑이 이끄는 대로
순종하며 따라가지도 못하였다
늘 고통스러운 마음뿐
밤하늘과 새벽 가로등 사이를 헤맬 뿐
찻잔을 들고 창가에 와 서 있곤 하였다
당신이 어디선가 흐느끼고 있나 보다
그래서 은행나무 잎이 내 곁에 와
우수수 몸부림치는가보다

가시장미

날카로울수록 아름답습니다
저 가시밭길에서 만난 사람들
모두가 장미처럼 보입니다

가시 많은 장미에서
멀리 가는 향기를 내뿜고 있으니
내리는 비까지
술렁이는 바람까지
꽃처럼 보여 붉게 물들고 싶습니다

나의 영혼을
내리는 비와
술렁이는 바람 아래 둔다면

저토록 파아란
하늘의 빛을
가시 장미와 함께 빚어내고 서 있을 겁니다

콩나물

간밤에
당신에 의해 버려진 메주콩만 한
상처들을 주워
작은 시루에 담아
검은 보자기를 씌워 놓았다
단풍나무 그늘 아래 놓아두고
볼 때마다 물을 듬뿍 주었다
허기진 날
부산행 열차 객석으로
노란 음표들의 합창 소리 들려온다
익산 휴게소에 이르자
한 줌 쑥 뽑아내어 육개장에 넣었다
시원하고 속이 확 풀리는 위로들이
콩나물 고사리 줄기 속에서
아삭하게 허기를 채운다

남자색 세 폭 치마 가득
햇살이 박혀
햇살이 갈라져
새 아침을 활짝 펴 보이는구나

가 면

03
바다는 가르지
않는다

눈

내 몸이 이 세상에 남아있기를 마치는 날
나는 힘껏 달려나갈 테다
나를 휘감고 있던 내 몸으로부터
갑갑하고 참담한 굴레로부터

솔가지에 찔리어 멍이 되고
굴참나무에 붙어 잎이 되었다가
바다로 스미어 물이 되고
하늘로 솟아 무지개가 될 테다
바람이 되어 별자리까지 날아올랐다가
허공에서 하얗게 은하가 되어 흐를 테다

나는 슬퍼하지 않을 테다
이 세상에서 내가 바라던 소망이
이 땅에 진흙 발자국으로 남는다 해도

마침내 그 소망이 무엇이었는지
까맣게 모두 다 망각했다 해도

가을 산행

모두들 허겁지겁 걸어간다

생각도 없이
볼품만 건장하게 발걸음이 빨라서
맥없이 산속으로 끌려가나 보다
건강의
희망의
장수의
숲으로 빨려 들어가는 잿빛 무표정한 발걸음
전철이 언제 들이닥칠지 모르는
터널 속처럼 불안한 오늘을
가을 혹은 최후의 시간을
두런거리면서 모두들 올라가나 보다

왜 오르는지 모르면서
이탈하지 않으려 애쓰면서
이탈해서
다시 합류하지 못하는 그 날을 향해?

음주 운전

가로등 빛이 별만큼 멀기만 하다
외곽 순환도로를 고속으로 달린다
앞차가 진로를 방해하자 나는
갓길로 빠져나와 더욱 속력을 낸다
고장 수리 중인 대형 차량의 삼각대가 길을 막는다
잘 나가나 싶을 땐 늘 대형사고가 기다리게 마련.
나는 나를 막는 장애물로부터 벗어나고 싶다
핸들을 좌우로 흔들며 액셀레이터를 꾸욱 밟는다
굉음과 함께 내 몸에서 취기가 증발하자
비로소 내가 바로 보이기 시작한다
떨어져 나간 가드레일을 사이에 두고 뒤집힌
내 차가 난간에서 시소처럼 흔들리고 있다
허리가 부러진 가로등 빛도 마음을 정하지 못한다
저 아래 도심의 입간판 위로 뛰어내릴 것인지
이대로 낭떠러지에 매달려 있을 것인지를.

종이배

종이배가 떠내려간다
영산강으로 떠내려간다

비가 오면 종이는 슬쩍
남겨두고 떠내려간다

소나기 그친 뒤
영산강으로 가보라

영산강 기슭에
배가 고동을 울리고 있지 않은가

난전에서

모란역 지하도 입구
통마늘 같은 쪽을 지고
언제나 그 자리를 지키는 할머니
지하철이 지날 때마다
먼지바람이 머리카락을 훑어 내리면
파리한 손으로 때 묻은 비녀를 고쳐 찌른다

돗자리에는 늙은 호박 몇 덩이
말린 고사리와 불린 콩
몇 푼어치 전을 펼쳐 놓으면
바쁜 걸음걸음의 흘깃거리는 시선에
채소는 더욱 말라가고
오후의 햇살만이 욱신거리는
어깨를 주무르고 있다

어쩌다 장 어귀를 맴도는 눈빛과 마주치면
조그만 대접 위에 콩 한 줌을 더 얹어내지만
다시 바닥에 주르르 떨어지는 그것은 남루
노란 호박꽃과 고사리 강낭콩 넝쿨
시름 한 줌씩 담긴 검정 비닐봉지 속에도
울긋불긋 피어나는 난전이 펼쳐진다

연탄 길

하얀 눈 위에
바퀴 발자국이 이어져 있다

새까만 연속무늬를 찍으면서
끙끙끙 밀고 갔으리

좁은 골목이 끝나는 곳에서
바퀴 발자국은 끝나고

낡은 쪽문에
배달부의 입김이 얼어붙는다

내 발자국 끝나는 곳에서 나는
연탄처럼 빨갛게 타올라
누군가의 구들장을 덥힐 수 있을까

덥히기는커녕 차가운 바람이 되어
시린 가슴 더욱 시리게 할까
그것이 두려운 오후

소

밭을 갈라면 밭을 갈고
짐을 부리면 등이 휘도록 짐을 부렸다
여물을 주면 여물을 먹고 토하라면 토했다
채찍으로 때리면 맞고 걷어차면 채였다
그러다가
나이 들어 힘을 못 쓰자 주인은 소시장에
내다 팔았다
그는 가죽이 벗겨지고 살과 뼈가 따로 추려져
탐욕스런 사람들의 밥상에 올랐다
나도 소의 고기를 먹으며 매우 흡족했다

그 소는 죽어서 가죽을 남겼다
나는 죽어서 한 권의 시집을 남기고 싶다
가죽보다 값진 교훈을 남길지는 모르지만

기차를 타고

무엇을 향해 이리 달리는 것일까
차창 밖 복사꽃 속의 설렘도 보지 못하고
쏜살같이 달려가 할 일은 무엇일까
살아온 날들에 더 몇 해를 보아온 꽃과 희망들
종착역에서도 그런 것들이 기다리고 있을까
푸른 들판이 보이는 산역에서 기차를 버려야지
그리고 걸어야겠다 무릎이 시큰거릴 때까지
소나무 숲이 나오면 그 아래 낮잠도 자고
낯익은 얼굴을 만나면 너스레를 떨면서

내가 가보지 못하면 어쩌랴 가지 못한 곳에
꽃씨들 날아가다 떨어져 몸을 묻은
봄 산은 화사하고 강물은 저리도 푸른데.

잎 지는 날

서글프지만 잎이 진다
푸르던 날은 가고 떠가는 강물에 실려
바람 불어 내 손등에도 소리 없이 금이 간다
한 해를 내내 푸른 나무로 살고자 하던 너를
소중히 여기면서도 너에게 잎 지는 날이
다가온 것을 다행스럽게 생각한다
너 피어나고 지고 또 지기 바란다
광명으로 충만한 날이 영원하지 않듯이
절망 또한 영원하지 않을 것
찌를 듯이 하늘로 가지를 뻗는 날뿐 아니라
폭풍우에 가지가 부러지고
찢겨진 잎들로 처참하던 날들이
너를 더욱 깊이 있게 할 것이다
서글프지만 피어오른 잎은 언젠가 진다
그러나 시련과 상처도 아름다운 삶의 일부다

무덤가에서

뒷산 언덕에서 내려왔다가
다시 올라가 보면 그새
꽃도 열매도 사라져 내 곁에 없는데
돌아보면 빈손을 흔드는
몇 그루의 굴참나무, 나뭇잎들

내 소중한 청춘 아낌없이 바쳐
행복한 세상 꿈꾸던 힘찬 날들은 가고
그렇다고 잘 못 살아오지 않았는데
무슨 잘못이나 저지른 듯 고개 숙인
무덤가의 할미꽃 할미꽃들

뿌리

발아래 노랗게 피어난 민들레가 아름다운 건
캄캄한 땅속에서 말없이
민들레꽃을 품고 있기 때문이다

꽃잎이 살아온 길과
수많은 홀씨 하나하나의 비행하는 날까지
안간힘을 다해 빨아올렸을 강인한 뿌리 때문이다

기름진 땅에서 자란 꽃들은 모를
민들레꽃끼리의 균형
가장 곱게 핀 생명의 머리카락 끝까지
일일이 쓰다듬어 주고 있는 근면한 뿌리 때문이다

뿌리가 없는 꽃들은 오래 아름다울 수 없다
근본이 없는 사람은 오래 아름다울 수 없다
뿌리를 가장 위대한 품으로 삼을 줄 모르는 사람은

강을 건너

길손들은 담장을 기웃거리며 이승 얘기를 하고
조객들은 주고받으며 술잔을 기울이겠지
할머니는 돋보기 너머로 바느질을 하고
아버지는 저수지에서 낚시질로 밤을 새우시겠지
남편은 오늘도 컴퓨터 앞에서 계산기를 두드릴까
생강나무에 와 걸리는 바람 소리에 맞춰
친구들은 커피 가는 소리 요란한 미희네 찻집에서
노래판 글판으로 나를 불러내고

저승인들 무엇이 다를까 아옹다옹 얽혀 살던
내 벗들과 가족이 다 거기 가 살고 있을 것을.

해질녘

신랑 신부
그들은 함박웃음으로 차에 올라
포플러 잎처럼 손 흔드는데
부모 생각에는 아직 아닌 겨울에
노래하는 꽃 매미, 매미

사랑하는 자녀들이
어느새 남의 집 새 식구로 가는 날
그들의 미래에 여름처럼 뜨겁고 푸르른
축복의 꽃이 뿌려진다

하얀 리무진을 덮은 꽃
리본을 휘날리며 차는 떠나고
갑자기 나는 늙은 어미로 남는다

그립던 사람들 신기루처럼 모였다 떠나간
빈자리에서 흩어진 꽃을 줍는 어미
해 질 녘
꽃을 줍고 있는 굽은 등 뒤로
성당의 짙은 그림자만이 빈자리를 채우고 있다

바다는 가르지 않는다

바다는 가르지 않는다
그대와 나를 가르지 않고
나라와 나라를 가르지 않는다
제 몸 위에 작은 부유물이며
여객선을 띄워 서로 뒤섞이게 하고
시련을 주고 도움의 손길을 주면서
다른 언어 다른 생각을 가지고도
어울려 사는 법을 알게 하고
이국의 참사를 남의 나라
남의 일이라고 생각하도록
모른 체하지 않는다
한 물을 건너고 한 물속에 어우러져
이웃으로 살게 한다

바다는 막지 않는다
건너서 이웃 나라로 가는 사람
오는 사람을 막지 않는다
짐짓 자세를 바르게 하여
편안히 건너게도 하고
몸 위로 높이 다리를 놓아

멀리 바다를 건너
젊은이의 꿈을 이루게도 한다

바다는 열어준다. 세계로 가는 길을
다툼과 전쟁이 만든 흔적을
짜디짠 제 몸으로 씻어 내면서

바다는 보여 준다
출렁이며 사는 것의 생동감을
바다 밑의 아름답고 고요한 날들을
제 몸속에 깊이 간직하면서

바다는 가르지 않고 막지 않는다

새벽 별이 된 그대들이여

이 땅이 어둠에 갇혀 고통스러울 때
우리의 생각이 푸른 싹을 틔우지 못하고 있을 때
내일로 가는 길이 막혔을 때
한 시대의 새벽을 알리는 종소리가 울리고 있다
이 나라의 하늘을 흔들고 있다
산과 들과 풀잎과 새들도
그 소리에 귀 기울이고 있다
마침내 그대들은 별이 되었어도 이 나라에
전쟁과 궁핍으로부터 자유의 꽃을 피워주었다
그때에 이 나라의 새벽 별이 되었던 용사들
하늘 밖으로 떠났지만
그 뿌리에서 별들은 다시 떠올랐다
별들은 이제 어느 어둠이 와서 이 땅을 덮어도
끝없이 새벽을 깨워 아침을 맞이하게 하리라
그대, 별들의 종소리는 날마다 새롭고
날마다 멀리 울려 퍼지리라

닭의장꽃

닭장 속에는
어미 잃은 병아리 떼가 삐약입니다

그 옆에는
파란 물이 뚝뚝 떨어지는
닭의장꽃이 무리 지었습니다

꽃잎은
내 치맛자락만 스쳐도 병아리 울음색을
묻히며 아파합니다

울음만 먹고 울음 속에서 자라서
아침이면 피어나는 달개비 꽃

닭장

지붕을 덮은 소나무 향기 다섯 평
우정의 포로가 된 친구들의 구슬땀 서 말
마른 볏짚에 몰래 숨어들어온 나락 일곱 가닥
애벌레가 송송 달라붙은 초록빛 푸성귀 여덟 장
방금 파 엎은 진흙 속에 꿈틀거리는 지렁이 네 근
십 년 체증이 내려갈 듯 뻥 뚫린 창 한 바가지
새벽에 혼자 우는 변성기 수탉의 울음 여섯 되
둥지 속에 산고를 이겨낸 피 묻은 계란 두 알
일즉다 · 다즉일 · 닭장 속에 갇혀버린 나

시냇물

피땀을 흘리며
줄기차게 따라오는 사랑
꼬리뼈에 힘을 돋우며 앉아
고운 살결 잡아 흔들어도
발목 사이로 찢겨 나오는 아픔을
굽은 등으로 꿰매는
물살

묵묵히 제 길을 가고 있다
다리를 감고 숲을 돌아서도
몸을 낮춰야
바다에 다다를 수 있다고
굽어졌다 펴지는 길 위에
꽂히는 무수한
칼 비

한 발로 선 왜가리처럼 다시
허리를 꼿꼿이 세우고
물에서도 아직 죽음에 이르지 못한
사랑

거슬러 오르는 먹이만 사냥하듯
발등에 흐르는 세월을 쪼며
깊지 않은 물속을 노려볼 때

꼼짝 않던 물고기들이
움켜쥔 손가락 사이를 빠져 나와
굽이치는 강둑을 오르고 있다

그대, 별들의 종소리는 날마다 새롭고 날마다 멀리 울려 퍼지리라

가 | 면

작품해설

동일시되고 물아일체의
세계를 향한 손잡음

지연희 | 시인, 수필가

동일시되고 물아일체의 세계를 향한 손잡음

지연희(시인, 수필가)

시의 세상은 자유로운 영혼이 길어 올린 무한한 존재의 창조를 향한 팔 벌림이다. 길들임의 늪에 숨 쉬는 기존의 가치를 뛰어넘어 새 생명의 탄생과도 같은 경이로운 존재와 손을 잡는 아름다움이다. 또한 이질적인 관계의 너와 내가 하나가 되는 화합이며 종내에는 물질만능의 이기에 길들여진 때 묻은 영혼을 맑은 순수의 깊이로 회복시키는 거울이다. 수많은 시인이 그토록 밤을 지새며 고뇌의 방을 밝히는 까닭은 잃어버린 맑은 영혼을 향한 그리움의 손짓이다.

오늘 진정희 시인의 육성이 묻은 50여 편의 시를 한 권의 시집 「귀로에」에 묶어 세상에 선을 뵈는 일은 모태의 신성한 자궁을 빠져나온 생명 하나의 지극히 순연한 감성의 토로이며 삶의 궤적이다. 근 10여 년 가까운 시간 속 삶의 흔적들이 시어에 업혀 읊어지고 있는 다소 늦은 듯한 첫 시집 출간의 가치는 매우 소중하다. 한편 한 편 풍부한 감성으로 체득하여 의미를 깁는 진정희 시어의 흐름은 세밀화처럼 섬세하고 단호하다.

술 취한 바다의 탐욕스런 혀가
내 몸에 초장을 바르려 한다
짐짓 뒷걸음치는 안개 속에
젖은 목소리가 파도 위에 선다
어머니는 삼베 고쟁이 속 곪은 상처를
아직 친친 동여매고 있다
일곱을 키웠지만 제대로 돌아보지 못한
바다는 눈 비빌수록 안개비를 뿌린다
녹슨 못 자국에 풍기는 비린내
바다를 삼키는 내장에서 이는 격포가
또 다른 파도를 밀어내고 있다

-시 「격포항」 중에서

비가 부슬거리는 저녁
역사 자판기 귀퉁이에 서서
한 사내가 밥을 먹는다
낡은 외투와 구겨진 바지
오랫동안 갈아입지 못한 형색이다
두툼한 김밥
한입 베어 문 밥알 속에서
노란 단무지 한 줄이 길게 빠져나온다
들키고 싶지 않은
지하에서의 식사 저편에서
잠실행 전철이 들어온다
늦은 밤 전철 안에서 졸고 있는 사람들

매일 밥상 위에 도란거리던 기쁨이

이 환승 지점에서도 꺼져있다

　　　　　–시 「지하도에서」 중에서

　바다는 무한한 생명의 객체들이 내장되어 있는 보고이다. 지상의 동식물을 포함한 미생물의 존재를 뛰어넘는 생물체들이 학자들의 연구 논문 밖에서 무한히 존재하리라는 예측이다. 진정희의 시 「격포항」는 그 생명의 어머니인 '바다'의 존재 가치를 찾아 나서는 술래이다. 안개 짙은 밤 바닷가 횟집 비린내 가득 괸 도마 위에서부터 시작되는 어머니라는 이름의 길 찾기이다. 비로소 바다가 발바닥을 절일 만큼 절퍽한 배경 속에서 문득 지울 수 없는 목소리를 듣게 된다. '짐짓 뒷걸음치는 안개 속에/젖은 목소리가 파도 위에 선다/어머니는 삼베 고쟁이 속 곪은 상처를/아직 친친 동여매고 있다/일곱을 키웠지만 제대로 돌아보지 못한/바다는 눈 비빌수록 안개비를 뿌린다'는 어머니 생각에 깊다. 눈 비빌수록 어머니의 안쓰러운 삶이 눈물을 흐르게 한다. 일곱 자식을 제대로 돌보지 못한 어머니의 근심은 어쩌면 주고도 더 주고 싶은 모성의 가없는 사랑이다. '녹슨 못 자국에 풍기는 비린내'처럼 어머니의 일생을 짚어내는 화자의 고뇌가 아픔으로 다가온다.

　시 「지하도에서」는 물질 만능의 시대를 향유하고 있는 풍요로운 현대인의 뒤안길에 흠집처럼 놓여진 사회현상을 그려내고 있다. '비가 부슬거리는 저녁/역사 자판기 귀퉁이에 서서/한 사내가 밥을 먹는다/낡은 외투와 구겨진 바지/오랫동안 갈아입지 못한 형색이다'는 노숙자의 고달픈 거리의 삶이 한 잎 베어 문 김밥 속 단무지처럼 서글프게 자리한다면 지하철을 이용하는 소시민의 일상을 접목하고 있다. 이 시는 터진 김밥의 단무지처럼 승객들이 전동차 밖으로 밀려나는 모양을 그렸다. '단무지가 삐져나올 듯/지하철 속에서도 승객들이 겉돌며/어둠의 굴속으로 들어갔다 나온다/문이 열릴 때마다/지하철은 노랗게 비벼진 밥알을 한입 가득/물고 있다 뱉어내는 입안 같다'는 시선에 머물게 한다. 때문에 '어둠의 굴속으로 들어갔다 나온다'는 의미의 이면에는 어둠 속에 갇힌 자판기 귀퉁이의 사내에 거는 희망이거나 빛에서 어둠으로 들어선 사내의 현재를 시사하고 있다.

비둘기 한 쌍이
달리는 차창으로
내리꽂히듯 비행한다

순간, 꽃상여처럼
아름답고 허무한
깃털의 부유가 앞을 가린다

자동차는 술 취한 듯
之자로 달아나고
그 뒤를 하염없이 따라가는
비둘기 한 마리

　　　　　　　　　　- 시 「상실」 전문

밭을 갈라면 밭을 갈고
짐을 부리면 등이 휘도록 짐을 부렸다
여물을 주면 여물을 먹고 토하라면 토했다
채찍으로 때리면 맞고 걷어차면 채였다
그러다가
나이 들어 힘을 못 쓰자 주인은 소시장에
내다 팔았다
그는 가죽이 벗겨지고 살과 뼈가 따로 추려져
탐욕스런 사람들의 밥상에 올랐다
나도 소의 고기를 먹으며 매우 흡족했다

그 소는 죽어서 가죽을 남겼다
나는 죽어서 한 권의 시집을 남기고 싶다
가죽보다 값진 교훈을 남길지는 모르지만
- 시 「소」 전문

　한 쌍의 비둘기가 난데없이 '달리는 차창으로/내리꽂히듯 비행한다' 말하는 시 「상실」은 불현듯 생명의 위험에 처한 새 한 쌍의 극단의 슬픈 이미지를 만나게 된다. 그리고 이어지는 '순간, 꽃상여처럼/아름답고 허무한' 죽음의 의식을 그려내는 그림들은 허공에 부유하는 깃털의 난무를 붓끝의 언어로 터치하고 있다. 새 한 마리의 죽음을 한 편의 드라마 엔딩처럼 처연히 장식하여 막을 내리는 마지막 한 행 '비둘기 한 마리'의 영상은 예기치 않게 짝을 잃고 상여를 따르는 홀로 된 이의 아픔이 묻어난다. 아내를 잃었거나 남편을 잃은 홀로된 슬픔이 묵묵한 그림자로 가득히

젖게 한다.

  시 「소」는 묵묵히 주인의 지시에 따르며 평생을 등이 휘도록 살아온 일소의 고단한 일생을 측은지심으로 바라보는 시인의 시선이다. 어쩌면 시인이 이 시에서 독자에게 전달하고자 하는 메시지는 소처럼 충직한 희생적 헌신적 삶을 살아온 한 인물에 대한 통찰일 수 있다. 소는 주인의 명령에 따르는 충직한 인물로 대리된 은유의 대상이다. 결국 소는 가죽을 남기고 전신을 주인에 내어주는 일로 삶을 내려놓고 만다. 반면 죽은 소의 일생에 대하여 시인의 시선은 '나의 삶은'이라는 질문으로 끌어온다. 소는 가죽을 남기지만 '나는 죽어서 한 권의 시집을 남기고 싶다'는 바람을 안고 있다. 다만 소의 '가죽보다 값진 교훈을 남길지는 모르지만'이라는 가정을 보여주는데 이는 남기지 못할 수도 있겠다는 겸손한 염려이다.

내장을 꺼내 아픔도 꺼내고 추억도 꺼내
고요와 두려움이 범벅된 숲에 늘어놓고는

시집 몇 권 펼쳐 놓고 시인처럼 끄적이다
흥얼흥얼 콧노래를 부르다가

저물면 주섬주섬 배낭에 주워 담아 넣고
내려가는 길에 바라보는 노을빛 단풍

세상은 희망차고 슬프기도 하다고
돌아가는 길에 단풍이 내게 말하고 있다
                                  - 시 「귀로에」 전문

앞이 캄캄한 날
밤 부두를 걷는 내 옷깃에는
아직도 당신의 향기가 묻어있다

코끝을 스치는 바람을 타고
멀리서 흘러드는 네온 불빛
그중 눈빛 푸르고
피가 뜨거운 몇 올이
내 안에서 부서진다.

천 개의 눈빛으로
입술에 닿는 아슬한 전율이
캄캄한 바다 위에
활활 타오르면, 다시
이글거리며 출렁이는 그리움

세월 가고
부두에 목 매인 낡은 고깃배처럼
끝없이 기다리는 아픔
지금도 밤바다는
설레는 파도를 흡싸 안고
향기 잃은 포말로 부서진다

              – 시 「기다림」 전문

세상에 존재하는 모든 피조물은 시작과 과정과 끝이라는 피할 수 없는 유한의 시간과 공간 속에서 살다가 소멸하는 것이 순차이다. 화려한 색감으로 계절의 끝에서 빛을 발하다 떨어지는 단풍잎처럼 시「귀로에」는 산을 내려와 집으로 돌아가는 길에 체득한 기쁨과 슬픔 또는 희망과 절망이 교차하는 자연의 변화를 감성의 가닥으로 짚고 있다. 세상 삶이 화려한 희망처럼 아름다움이더니 슬픔이기도 하다는 지는 단풍의 허망을 내다보는 시선이다. '내려가는 길에 바라보는 노을 빛 단풍/세상은 희망차고 슬프기도 하고/돌아가는 길에 단풍이 내게 말하고 있다'는 것이다. 시집의 문패로 채택되기도 한 시「귀로에」는 생을 이어가는 생명 존재의 총체적 가치를 계절에 순응하는 자연의 현상으로 그려내고 있다.

　기다림이라는 단어는 애달픔으로 가슴을 태우다가도 역사의 푯대처럼 맞이하는 기쁨과 희망을 건네는 아름다운 단어이다. 세상 누구든지 절대한의 기다림 하나는 없지 않았을까 생각하게 되는 시「기다림」은 '당신의 향기'에 응답하는 그리움의 직감적 언어로 존재하게 된다. 그리움은 감정의 가장 결 고운 가운데를 폭풍우처럼 흔들기도 하지만 가슴으로 건네는 가장 심오한 표현이다. '코끝을 스치는 바람을 타고/멀리서 흔들리는 네온의 불빛/그중 눈빛 푸르고/피가 뜨거운 몇 올이/내 안에서 부서진다'는 몇 올 네온의 불빛으로 다가서는 뜨거운 피는 큐피드의 화살로 다가와 '내 안에 부서진다'는 눈빛 푸른 기다림이다. 흔들림이다. 그렇게 기다림은 뜨거운 여름날의 폭풍 같은 흔들림으로 이 시의 중심을 확보하고 있다.

곤잠
일어서서 나온 거리
꽃 지는 목련 뒤에
가로등 하나 섰다
참 막막한 이 밤
하얀 꽃잎 사이 새어 나온
불빛 몇 가닥

가등은
아련한 꽃 살 냄새를
뼛가루처럼 길 위에 뿌리고
동그랗게 울어 부푼 눈으로

제
목련인 듯 *弔燈*인 듯
내 머리맡에서 저승까지
꽃 가는 온 밤을
환히 지키고 섰다

                 – 시「가로등」전문

서녘 하늘 물끄러미 바라보며
툇마루에 앉아계신 어머니
땟국물이 줄줄 흐르던 세월이
이마에서 실개천을 이루었다

고목같은 몸을 감싸고 있는
모시치마 근처에서 흙냄새가
풍기는데, 어머니를 홀로 두고
돌아서는 눈시울이 젖어

서녘 하늘 먼 산언저리가
타는 듯 붉게 물들었다
　　　　- 시「노을」전문

　시「가로등」에서 불빛은 막막하고 어두운 밤 꽃의 향기로 피어
나고, 죽은 영혼이 깃든 뼛가루의 휘날림이 되기도 한다. 심도 깊은
시인의 상상력은 '빛=향기', '빛=뼛가루'가 되어 生과 死의 순환 고
리를 연결하고 있다. '가등은/아련한/꽃 살 냄새를/뼛가루처럼 뿌
리고'라는 참담한 죽은 자의 육신을 상징적 언어로 '밤바다에 뿌리
고' 있는 것이다. 꽃 지는 목련 뒤에 가로등 하나로 서 있는 배경으
로의 사물성은 결국 '내 머리맡에서 저승까지 잇는' 삶의 배경으로
서있게 된다. 나아가 '꽃 가는' 이라는 꽃지는 소멸의 의미를 목
련꽃 사별死滅의 의미로 반증하여 극명하게 보여주는 메시지가 이
시의 핵심이다.
　'노을'의 이름으로 대치한 어머니의 굴곡진 삶을 그려내고 있는
시「노을」은 툇마루에 앉아 서녘 하늘을 물끄러미 바라보던 어머
니의 '땟국물 줄줄 흐르던 세월'의 고뇌를 돌아보는 일이다. 이마의
실개천으로 지난 삶의 흔적을 남기고 있는 어머니의 빈 고무풍선

같은 육신을 화자는 투망하듯 훑고 있다. '고목 같은 몸을 감싸고 있는/모시치마 근처에서 흙냄새가/풍기는데, 어머니를 홀로 두고/돌아서는 눈시울이 젖어/서녘 하늘 먼 산언저리가/타는 듯 붉게 물들었다'고 한다. 시「노을」은 저물어 가는 어머니의 육신이다. 가족의 생계를 잇기 위해 종일 흙먼지 날리는 밭일에 투신하던 어머니가 마른 낙엽처럼 바스락거리는 몸으로 흙냄새를 피우고 있다.

  날카로울수록 아름답습니다
  저 가시밭길에서 만난 사람들
  모두가 장미처럼 보입니다

  가시 많은 장미에서
  멀리 가는 향기를 내뿜고 있으니
  내리는 비까지
  술렁이는 바람까지
  꽃처럼 보여 붉게 물들고 싶습니다

  나의 영혼을
  내리는 비와
  술렁이는 바람 아래 둔다면

  저토록 파아란
  하늘의 빛을
  가시 장미와 함께 빚어내고 서 있을 겁니다
                    – 시「가시장미」전문

발아래 노랗게 피어난 민들레가 아름다운 건
캄캄한 땅속에서 말없이
민들레꽃을 품고 있기 때문이다

꽃잎이 살아온 길과
수많은 홀씨 하나하나의 비행하는 날까지
안간힘을 다해 빨아올렸을 강인한 뿌리 때문이다

기름진 땅에서 자란 꽃들은 모를
민들레꽃끼리의 균형
가장 곱게 핀 생명의 머리카락 끝까지
일일이 쓰다듬어 주고 있는 근면한 뿌리 때문이다

뿌리가 없는 꽃들은 오래 아름다울 수 없다
근본이 없는 사람은 오래 아름다울 수 없다
뿌리를 가장 위대한 품으로 삼을 줄 모르는 사람은
- 시 「뿌리」 전문

　　날카로울수록 아름답고, 가시밭길에서 만난 사람들 모두가 장미처럼 보인다는 시 「가시장미」의 메시지는 가시가 많을수록 장미꽃은 더욱 아름답다고 한다. 이 시에서 소재가 된 가시는 날카로운 존재로 몸에 달기 무섭게 비장한 무기가 된다. 그러나 그 경계의 대상을 감내하여 꽃잎을 피운 장미꽃은 지난한 역경을 딛고 일어서 아름다운 성과의 삶을 이룩한 인물과 동일시하고 있다. 가시밭길에서 만난 사람은 모두가 장미처럼 보인다는 이유도 그와 같은 견해에서 연유된 일이다. '가시 많은 장미에서/멀리 가는 향기를 내뿜고 있으니/내리는 비까지/술렁이는 바람까지/꽃처럼 보여 붉게 물들고' 싶은 것이다.

시는 시인의 영혼이 빚어낸 언어의 그림이다. 때문에 시인이 포착한 어떤 시선이든지 시인의 감정에서 배제될 수는 없다. 시 「뿌리」가 지향하는 목적의식은 존재의 근원에 대한 헤아림이다. 어떤 생명이거나 애초에 씨앗으로부터 발아된 뿌리의 힘으로 성장의 모체가 되고 종래에는 가지를 뻗어 잎을 돋아내며 꽃을 피워 열매를 맺게 되는 일임에 분명하다. 민들레꽃이 해맑은 낯빛으로 어느 공간 어느 땅에서건 지친 하루의 위로가 되는 까닭도 강인한 뿌리의 노력이라는 사실을 시 「뿌리」는 극명하게 보여준다. '뿌리가 없는 꽃들은 오래 아름다울 수 없다/근본이 없는 사람은 오래 아름다울 수 없다'는 메시지이다.

> 닭장 속에는
> 어미 잃은 병아리 떼가 삐약입니다
>
> 그 옆에는
> 파란 물이 뚝뚝 떨어지는
> 닭의장꽃이 무리 지었습니다
>
> 꽃잎은
> 내 치맛자락만 스쳐도 병아리 울음색을
> 묻히며 아파합니다

울음만 먹고 울음 속에서 자라서
아침이면 피어나는 달개비 꽃
            – 시「닭의장꽃」전문

지붕을 덮은 소나무 향기 다섯 평
우정의 포로가 된 친구들의 구슬땀 서 말
마른 볏짚에 몰래 숨어들어온 나락 일곱 가닥
애벌레가 송송 달라붙은 초록빛 푸성귀 여덟 장
방금 파 엎은 진흙 속에 꿈틀거리는 지렁이 네 근
십 년 체중이 내려갈 듯 뻥 뚫린 창 한 바가지
새벽에 혼자 우는 변성기 수탉의 울음 여섯 되
둥지 속에 산고를 이겨낸 피 묻은 계란 두 알
일즉다 · 다즉일 · 닭장 속에 갇혀버린 나
            – 시「닭장」전문

  시는 기존의 고정된 틀을 뛰어넘는 인식의 낯설음을 지향하고
있다. 닭의장풀과에 속하는 한해살이 풀 닭의장풀의 꽃 울음을
들려주고 있는 시「닭의장꽃」은 병아리 떼가 흘린 눈물을 머금고
피어난 달개비 꽃의 아픔을 만나게 한다. 닭장 속에는 어미 잃은
병아리 떼가 삐약거리는데 그 옆에는 파란 물이 뚝뚝 떨어지는
닭의장풀 꽃이 피어있다. '꽃잎은/내 치맛자락만 스쳐도 병아리
울음색을/묻히며 아파합니다/울음만 먹고 울음 속에서 자라서/
아침이면 피어나는 달개비 꽃'의 울음소리를 아픔으로 듣게 된

다. 어미 잃은 병아리 떼의 울음소리가 닭의장풀 꽃 위에 스며나
는 이 시는 병아리 떼의 슬픔을 닭의장풀 꽃 위에 나누는 시인의
시선에 주목하게 된다.

시 「닭장」은 지붕을 덮은 소나무 향기 다섯 평으로부터 구슬땀
서 말, 나락 일곱 가닥, 초록빛 푸성귀 여덟 장, 지렁이 네 근, 뺑
뚫린 창 한 바라지, 수탉의 울음 여섯 되, 피 묻은 계란 두 알, 갇혀
버린 나를 들여다보게 된다. 이 닭장 안에 갇혀있는 존재들 중 인
물로서의 '나'는 탈출하지 못하는, 아니 탈출하고 싶지 않은 나를
위한 해방구도의 숨소리가 필요하다. 닭장은 현재 '나'가 갇혀 있
는 피할 수 없는 공간이다. 이 공간의 소음(세상사)들 속에서 호
흡하는 나는 결국 창이든 지렁이든 소나무든 나락이든 수탉이든
계란이든 모든 존재는 하나이고 하나는 모든 것이라는 신라 시대
의상 대사의 '화엄 사상' 일즉다 다즉일–即多 多即—를 되뇌이고 있
다.

진정희 시인의 시 읽기를 여기서 접는다. 깊은 의도의 시선으
로 포착한 각각의 의미들 속에서 한 시인의 삶과 한 시인의 영혼
의 빛깔을 어렴풋이나마 일갈할 수 있었다. 아무래도 시인의 시
정신은 보편성을 지닌 사람들과는 거리가 있어 그 거리만큼의 시
간과 공간에 스며들어 아픔과 슬픔 그리움과 기쁨으로 열어 놓은
감성에 닿을 수 있었다고 생각된다. 아무래도 시인의 시 정신은
보편성을 지닌 사람들과는 거리가 있어 그 거리만큼의 시간과 공
간에 스며들어 아픔과 슬픔 그리움과 기쁨으로 열어 놓은 감성에
닿을 수 있었다. 세상에 놓인 모든 대상들이 하나로 동일시되고
물아일체가 되는 세상을 향한 손잡음이 이 시집이 독자에게 던

져주는 목적이라는 생각을 한다. 어떤 보석보다도 소중한 첫 시집 출간을 축하하며 일즉다 다즉일—郞多 多郞—을 다시 한 번 되뇌어 본다.

귀로에

진정희 시집